3 Décembre 1908

margué P

SUCCESSION

DE

Madame de GENEVRAYE

CATALOGUE

DES

IMPORTANTES TAPISSERIES

d'Époque Louis XII

RENAISSANCE, XVIIe & XVIIIe SIÈCLES

TABLEAUX ANCIENS

Aquarelles, Gravures

FAIENCES ANCIENNES — PORCELAINES

Éventails, Objets de vitrine, Glaces

BRONZES D'AMEUBLEMENT

Anciens et de Style

MEUBLES ET SIÈGES

Anciens et Modernes

AMEUBLEMENT DE SALON ET SIÈGES

Recouverts en ancienne tapisserie

Dépendant de la Succession de Madame de GENEVRAYE

Et dont la Vente aux Enchères Publiques aura lieu à Paris

HOTEL DROUOT, Salle N° 6

Les Jeudi 3 et Vendredi 4 Décembre 1908, à 2 heures

COMMISSAIRES-PRISEURS

Me DELVIGNE	**Me F. LAIR-DUBREUIL**
91, rue Saint-Lazare	6, rue Favart

EXPERTS

MM. PAULME & B. LASQUIN Fils	**M. GUÉRAULT**
10, rue Chauchat | 12, rue Laffitte	29 *bis*, rue d'Astorg

EXPOSITIONS, SALLES N°s 5 & 6

PARTICULIÈRE : *Le Mardi 1er Décembre 1908.*
PUBLIQUE : *Le Mercredi 2 Décembre 1908...*
} **De 2 h. à 6 heures**

CONDITIONS DE LA VENTE

Elle sera faite *au comptant.*

Les adjudicataires paieront *dix pour cent* en sus des enchères.

L'exposition mettant le public à même de se rendre compte de l'état et de la nature des objets, il ne sera admis aucune réclamation, une fois l'adjudication prononcée.

ORDRE DES VACATIONS

Jeudi 3 Décembre

Tableaux, Aquarelles, Gravures	1 à 70
Faïences anciennes, Porcelaines	71 à 109

Vendredi 4 Décembre

Objets variés, Éventails, Objets de Vitrine, Glaces	110 à 134
Bronzes d'Ameublement	135 à 155
Étoffes anciennes	156 à 158
Meubles et Sièges	159 à 184
Tapisseries anciennes	185 à 196

Paris. — Imp. de l'Art, Ch. Berger, 41, rue de la Victoire

DÉSIGNATION

TABLEAUX ANCIENS

AQUARELLES — GRAVURES

BARTOLOMÉ

1 — *Paysage.*

Panneau.
Cadre en bois sculpté.

BERCHEM (Genre de)

2 — *Chevaux à l'abreuvoir.*

Toile.

BOUCHER (Attribué à)

3 — *Études de têtes.*

Toile marouflée.

BOURDON (Attribué à Séb.)

4 — *Sujet allégorique.*

Toile.

BRIL (Paul)

5 — *Paysage.*

Toile.

Cadre ancien en bois sculpté.

CLOUET (Attribué à)

6 — *Portrait d'Homme.*

Panneau.

CORNELIUS DE HAARLEM

7 — *Les Trois Parques.*

Panneau signé d'un monogramme et daté : *1618*.

DE TROY (Genre de)

8 — *La Diseuse de bonne aventure.*

Toile.

ÉCOLE ESPAGNOLE (XVIIe siècle)

9 — *Moine évêque.*

Toile.

ÉCOLE FLAMANDE (XVIIe siècle)

10 — *Vierge entourée de fleurs.*

Toile.

ÉCOLE FLAMANDE (XVIIe siècle)

11 — *Paysage, ruines et figures.*

Panneau.

ÉCOLE FLAMANDE (XVIIe siècle)

12 — *Sujets bibliques.*

Suite de six compositions sur cuivre.

ÉCOLE FRANÇAISE (XVIIe siècle)

13 — *Nature morte.*

Toile décorative.

ÉCOLE FRANÇAISE (XVIIe siècle)

14 — *Esquisse pour un plafond.*

Toile de forme ronde.

ÉCOLE FRANÇAISE (XVIIe siècle)

15 — *Portrait présumé de Mlle de Fontanges.*

Toile.

ÉCOLE FRANÇAISE (XVIIe siècle)

16 — *Buste de Sainte Femme.*

Toile.

ÉCOLE FRANÇAISE (XVIIIe siècle)

17 — *Portrait de Jeune Fille.*

Pastel.

ÉCOLE FRANÇAISE (XVIIIe siècle)

18 — *Le Concert.*

Toile.

ÉCOLE FRANÇAISE (XVIIIe siècle)

19 — *Paysage avec troupeau.*

Panneau.

ÉCOLE FRANÇAISE (XVIIIe siècle)

20 — *La Jeune Fille à la cage.*

Toile.

ÉCOLE FRANÇAISE (XVIIIe siècle)

21 — *Chasse à courre.*

Toile.

ÉCOLE FRANÇAISE (XVIIIe siècle)

22 — *Le Goûter.*

Toile.

ÉCOLE HOLLANDAISE

23 — *Scène de cabaret.*

Panneau.

ÉCOLE HOLLANDAISE

24 — *La Rixe après le jeu.*

Toile.

ÉCOLE HOLLANDAISE

25 — *Épisode guerrier.*

Toile.

ÉCOLE HOLLANDAISE (XVIIe siècle)

26 — *La Jeune Musicienne.*

Toile.

ÉCOLE HOLLANDAISE (XVIIe siècle)

27 — *Paysage, fontaine, ruines et petits personnages.*

Panneau.

ÉCOLE HOLLANDAISE (XVIIe siècle)

28 — *Réunion galante.*

Panneau.

ÉCOLE HOLLANDAISE (XVIIe siècle)

29 — *Marine.*

Panneau.

ÉCOLE HOLLANDAISE (XVIIe siècle)

30 — *Paysage, figures et animaux.*

Panneau.

ÉCOLE HOLLANDAISE (XVIIe siècle)

31 — *Vase de fleurs et perroquet.*

Toile décorative.

ÉCOLE HOLLANDAISE (XVIIe siècle)

32 — *Portrait d'Enfant en fauconnier.*

Toile.

ÉCOLE ITALIENNE (XVIIe siècle)

33 — *Paysage et figures.*

Toile.

ÉCOLE ITALIENNE (XVIIe siècle)

34 — *Moïse sauvé des eaux.*

Panneau.

ÉCOLE ITALIENNE (XVIIe siècle)

35 — *Buste de Femme.*

Toile.

ÉCOLE ITALIENNE (XVIIe siècle)

36 — *Paysage et figures.*

Toile.

ÉCOLE ITALIENNE (XVIIe siècle)

37 — *Paysage avec chevaux.*

Toile.
Cadre en bois sculpté.

ÉCOLE ITALIENNE (XVIIe siècle)

38 — *Jeux d'Amours.*

Toile.

ÉCOLE ITALIENNE (XVIIe siècle)

39 — *Défilé de cavaliers dans un paysage.*

Toile.

ÉCOLE ITALIENNE (XVIIe siècle)

40 — *Paysage.*

Toile.

Cadre en bois sculpté.

ÉCOLE ITALIENNE (XVIIe siècle)

41 — *Hercule aux pieds d'Omphale.*

Toile.

ÉCOLE ITALIENNE (XVIIe siècle)

42 — *Jeux d'Amours dans un paysage.*

Toile.

ÉCOLE ITALIENNE (XVIIe siècle)

43 — *Paysage avec petites figures.*

Toile.

FRAGONARD (D'après)

44 — *Le Serment d'amour.*

Gravure en noir, par DE LAUNAY.

FRAGONARD (D'après)

45 — *La Fontaine d'amour.*

Gravure en noir, par REGNAULT.

FROMENTIN

46 — *Chasse.*

Esquisse sur toile.

GOYEN (Genre de Van)

47 — *Paysage avec rivière animée de barques et figures.*

Toile.

GRIFFIER

48 — *Paysage montagneux.*

Toile.

JEANNIN

49 — *Fleurs.*

Toile signée.

LAMI (Eugène)

50 — *Lancier.*

Aquarelle signée.

LANCRET (Genre de)

51 — *Déjeuner sur l'herbe dans le parc.*

Panneau.

LANCRET (Genre de)

52 — *Le Duo.*

Toile.

LEMAIRE (Madeleine)

53 — *Gerbe de Chrysanthèmes.*

Aquarelle signée.

LEMOYNE (D'après)

54 — *Vénus et l'Amour.*

Toile.

LENAIN (Genre des)

55 — *Groupe de trois figures.*

Toile.

LEPRINCE (Xavier)

56 — *La Présentation : « Voilà le meilleur de mes amis ».*

— *Le Départ : « Adieu mon ami, ramenez-nous-le ».*

Deux charmants petits tableaux de forme ronde faisant pendants.

Panneaux.

LINGELBACH

57 — *Vue d'un Port animé de personnages.*

Bois signé.

MULLER (L.-C.)

58 — *Portrait de Jeune Homme.*
Pastel signé.

NETSCHER (Attribué à)

59 — *Portrait de Femme.*
Toile.

OMMEGANK (Genre d')

60 — *Paysage et animaux.*
Papier marouflé.

PEETERS (Bonaventure)

61 — *Marine.*
Toile.

RIBÈRA (D'après)

62 — *La Chaste Suzanne.*
Toile.

RUBENS (D'après)

63 — *Sujet biblique.*
Toile.

RUBENS (D'après)

64 — *Tête de Femme.*
Toile.

SWEBACH

65 — *Cavaliers accompagnant un convoi.*
Panneau signé.

TITIEN (D'après)

66 — *Danaë.*
Toile.

VANLOO (Attribué à C.)

67 — *Renaud et Armide.*
Esquisse sur toile.

VERNET (Genre de J.)

68 — *Marine avec figures.*
Toile décorative.

WATTEAU (D'après A.)

69 — *Sujet galant.*
Toile ovale, d'après l'original du Musée d'Angers.

WATTEAU (D'après A.)

70 — *La Danse.*
Toile.

FAIENCES ANCIENNES

PORCELAINES

71 — Groupe en ancienne porcelaine blanche : Amour sur un cygne.

72 — Paire de vases en céladon craquelé de Chine, à décor bleu. Socles en bois de fer.

73 — Paire de petits cachepot-jardinières en porcelaine décorée. Genre Inde, avec armoiries.

74 — Jardinière en porcelaine de l'Inde ; décor en couleur et dorure. Monture en bronze.

75 — Paire de petits cornets en ancienne porcelaine de la Compagnie des Indes ; décor en couleur.

76 — Trois potiches-balustres, avec couvercles (l'un en faïence de Delft), en ancienne porcelaine de Chine, à décor bleu.

77 — Soupière couverte en ancienne faïence de Strasbourg ; décor à fleurs.

78 — Paire de lions couchés en ancienne faïence lorraine, portant sur chacun des socles l'inscription : *Lunéville;* décor polychrome.

79 — Plat a bordure ajourée en ancienne faïence de Strasbourg; décor en couleurs : gerbe de fleurs et papillon.

80 — Plat ovale, de même faïence; décor tulipe.

81 — Statuette de vierge en ancienne faïence de Nevers.

82 — Statuette allégorique en ancienne faïence fine ou terre de Lorraine.

83 — Pot a surprise, à anse, en terre émaillée, avec ornements en relief de la suite de Palissy.

84 — Quatre plaques rectangulaires en ancienne faïence de Castelli : paysages avec châteaux et figures.

85 — Fontaine-applique et son bassin en cul-de-lampe, de forme contournée, à reliefs de rocailles et feuillages, en ancienne faïence de Niedervillers; décor à bouquets de fleurs en couleur.

86 — Pichet a anse, formé d'une statuette de grotesque, en ancienne faïence.

87 — Bouteille de pharmacie en ancienne faïence, avec inscription.

88 — Plateau circulaire a trois pieds en ancienne faïence de Lille : décor bleu.

89 — Trois plats ronds en ancienne faïence hollandaise : décor bleu.

90 — Plaque carrée a coins arrondis en ancienne faïence de Delft : décor polychrome : animaux et fleurs.

91 — Plaque de forme contournée, à bordure festonnée jaune, en ancienne faïence de Delft : décor bleu : personnages dans un paysage.

92 — Petite plaque a bord contourné en ancienne faïence de Delft : décor polychrome : corbeille de fleurs.

93 — Plaque a bord contourné, en relief et en couleurs, en ancienne faïence de Delft : au centre, sujet biblique : la Samaritaine, en bleu.

94 — Plaque a bord contourné, avec coquilles en relief, en ancienne faïence de Delft : le Paradis terrestre.

95 — PLAQUE en ancienne faïence de Delft ; décor bleu à sujet galant.

96 — DEUX GRANDES PLAQUES, de forme ovale, à bord contourné, en ancienne faïence de Delft ; décor polychrome : scènes de patinage.

97 — DEUX PLATS RONDS en ancienne faïence de Delft : amours et feuillages en vert et jaune.

98 — FLACON CARRÉ en ancienne faïence de Delft ; décor bleu.

99 — TIRE-LIRE, forme gourde, à double renflement, en ancienne faïence de Delft ; décor bleu.

100 — PETITE POTICHE COUVERTE, forme balustre, en ancienne faïence de Delft ; décor polychrome à petits paysages et fleurs sur fond turquoise.

101 — PORTE-HUILIER en ancienne faïence de Rouen ; décor polychrome.

102 — PORTE-BOUQUET-APPLIQUE, de même faïence et décor polychrome.

103 — DEUX ASSIETTES en ancienne faïence de Rouen ; décor polychrome varié.

104 — Deux compotiers creux, de forme octogonale, en ancienne faïence de Rouen : décor polychrome : corne, œillets, insectes.

105 — Compotier creux en ancienne faïence de Rouen : décor polychrome à la corne : oiseaux et papillon.

106 — Compotier-plat, de même faïence et décor analogue.

107 — Deux plats ronds en ancienne faïence de Rouen : décor polychrome à la double corne : fleurs, oiseaux et insectes.

108 — Vase-cachepot en ancienne faïence de Rouen : décor polychrome à fleurs, volatiles, etc.

109 — Porte-huilier en ancienne faïence de Rouen, à décor polychrome, de Guillibaud : quadrillé et fleurs. Il est monté en écritoire.

OBJETS VARIÉS

ÉVENTAIL — OBJETS DE VITRINE

GLACES, Etc.

110 — Quatre petits médaillons fixés sous verre, par *Jadin* : chiens.

111 — Quatre écrans a main, à manches de bois et feuilles gravées et coloriées. xviiie siècle.

112 — Éventail du xviiie siècle, peint à la gouache et représentant un sujet allégorique, avec figures ; monture en nacre, avec incrustations de métal.

113 — Étui-nécessaire en cuivre repoussé et doré, avec plaques d'aventurine. Il est muni de divers accessoires. xviiie siècle.

114 — Coupe oblongue, à quatre pieds, en métal gravé et argenté.

115 — Paire de vases, forme losange, en bronze niellé, de l'Extrême-Orient.

116 — Boite, de forme octogonale, en bois incrusté de filets de cuivre et de nacre gravée. xviie siècle.

117 — Petit buste de femme, sur piédouche, en marbres de couleur. xviie siècle.

118 — Statuette de femme drapée debout en bronze doré. Époque Empire.

119 — Deux médaillons ovales en marbre blanc sculpté : têtes de profil. xviie siècle.

120 — Écritoire en marqueterie, genre de *Boulle;* garniture de bronzes.

121 — Coffret a dentelles en bois de placage, orné de ferrures en cuivre poli. Époque Louis XIII.

122 — Christ en ivoire sculpté sur croix en bois noir.

123 — Quatre petites consoles-supports en bois, ornées de petits bustes en bronze doré, du xviie siècle.

124 — Paire de vases décoratifs à deux anses, ornés de guirlandes et motifs divers, en bois sculpté peint, partiellement doré. xviiie siècle.

125 — Ecran en bois sculpté doré, de style Louis XVI. Il est muni d'une feuille en ancienne broderie au passé, du temps de la Régence. Sujet à personnages.

126 — Grande torchère en bois sculpté ajouré et doré, à pied-tripode, ornementée de feuillages, rocailles, etc. Époque Louis XIV.

127 — Petit miroir, bois sculpté doré. Époque Louis XIV.

128 — Autre miroir analogue, avec fronton. Époque Louis XIV.

129 — Glace-miroir en bois sculpté doré ; fronton à rocailles. Époque Louis XIV.

130 — Miroir en bois sculpté doré. Époque Louis XIV.

131 — Glace-miroir en bois sculpté doré, fronton à rinceaux et rocailles. Époque Régence.

132 — Glace, encadrée sur trois côtés d'une bordure en bois sculpté doré. Époque Louis XVI.

133 — Glace-miroir Louis XVI en bois sculpté doré, avec fronton à attributs de musique et rinceaux.

134 — Grande glace-trumeau, avec encadrement de baguettes, en bois sculpté doré et motif d'applique à trophée d'instruments de musique, feuillage de chêne et nœud de ruban. Époque Louis XVI.

BRONZES D'AMEUBLEMENT

PENDULES — APPLIQUES

CHENETS, Etc.

135 — Paire de flambeaux Louis XV en bronze doré.

136 — Paire de petits flambeaux en métal argenté Louis XVI.

137 — Paire de petits flambeaux en bronze ciselé et doré. Époque Empire.

138 — Quatre bras-appliques à trois lumières en bronze, ornés de cristaux : plaquettes, rosaces, pendeloques, etc. xviiie siècle.

139 — Paire de bras-appliques Louis XV à trois lumières en bronze à rocailles.

140 — Deux paires de petits bras-appliques Louis XVI à deux lumières, soutenues par un ruban noué.

141 — Paire de bras-appliques à deux lumières en bronze doré ; modèle à guirlandes et vases.

142 — Paire de bras-appliques Louis XVI à deux lumières en bronze doré, couronnement fait d'un vase à draperie.

143 — Paire de petits chenets Louis XV en bronze : garçon et fillette sur bases à rocailles.

144 — Paire de petits chenets Louis XVI en cuivre ; modèle à glands.

145 — Paire de petits chenets Louis XVI en bronze.

146 — Paire de petits chenets Louis XVI en bronze : vase enflammé sur socle cannelé.

147 — Paire de petits chenets Louis XVI en bronze, à draperie et vases.

148 — Grande pendule, sur son socle, en bois noir et incrustations de cuivre, ornementée de bronzes divers, les trois Parques, figures du Temps et autres. Style Régence.

149 — Pendule-applique et son socle cul-de-lampe, en bois peint au vernis : fleurs et paysage sur fond rouge, ornée de bronzes. Époque Louis XV.

150 — Pendulette Louis XV, dont le mouvement est porté par un cheval debout sur une terrasse à rocailles et coquillages en bronze ciselé.

151 — Pendule en bronze ciselé et doré. Elle offre la forme d'un socle rectangulaire, orné sur les côtés de chutes de laurier retenues par un nœud de ruban. A la partie supérieure sur un amortissement se trouve un amour sur un nuage, tenant une couronne de roses. Socle mouluré en marbre blanc. Époque Louis XVI.

152 — Pendule en marbre blanc et noir, ornée de motifs d'appliques, de trophées, d'une statuette de guerrier en bronze ciselé et doré. Le mouvement, avec cadran de *Béliard*, à Paris, est porté par deux pylones reposant sur des socles à chainettes. Contre-socle à galerie en marbre noir, ornementé de bronze. Époque Louis XVI.

153 — Petite pendule en marbre blanc et bronzes dorés. Époque Louis XVI.

154 — Petite pendule en bronze ciselé et doré, formée d'un édicule circulaire à quatre colonnettes, supportant un mouvement avec cadran ajouré et émaillé, signé : *Caillonet, horloger*. Fin du XVIIIe siècle.

155 — Pendule cartel d'applique en bronze ciselé et doré ; modèle à vase et guirlandes ; cadran de *Martinet*, à Paris. Époque Louis XVI.

ÉTOFFES ANCIENNES

156 — Deux panneaux rectangulaires en soie verte, brodée au passé de soies de couleur et d'argent : cornes d'abondance, fleurs, oiseaux, etc. Époque Régence.

157 — Bandeau horizontal de même soie brodée et même époque, complétant le lot précédent.

158 — Trois tapis de table en soie brochée ou soie brodée en couleur.

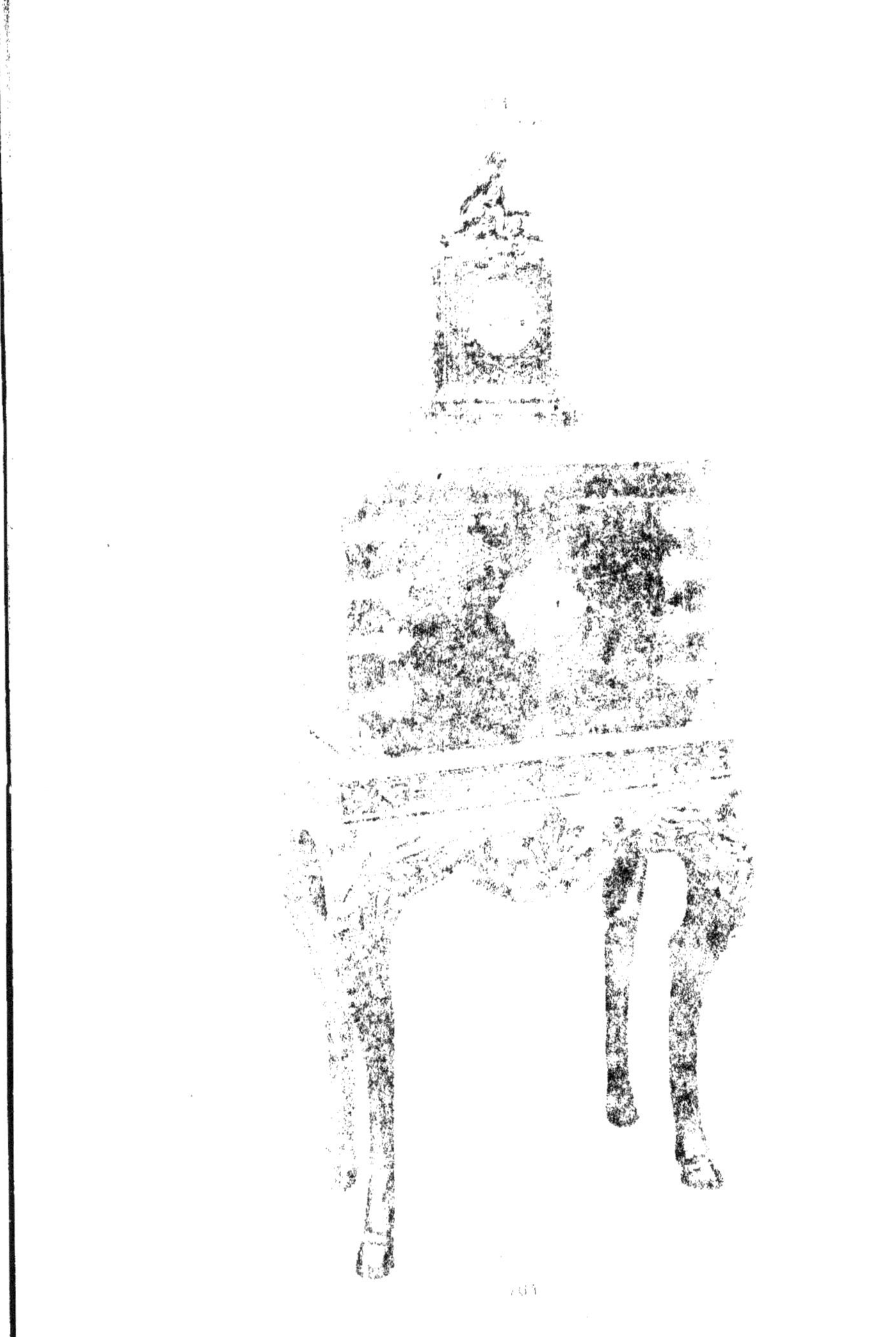

151

4500

164

1.350

Imp. Berthaud

MEUBLES

ANCIENS ET MODERNES

159 — Table rectangulaire à deux allonges, à pieds-colonnettes, en noyer sculpté. En partie du xvie siècle.

160-161 — Deux meubles-crédences en noyer sculpté, ouvrant à deux portes et tiroirs ornementés en bas-relief. Ils reposent sur deux pieds à double cariatides de femmes. Style Renaissance.

162 — Meuble-cabinet, ouvrant à porte, avec perspective intérieure et tiroirs, en bois de placage, sur table à pieds et traverses tors. Époque Louis XIII.

163 — Grand bureau plat Louis XIV en bois noir, orné de bronzes.

164 — Petit meuble-cabinet en laque, décorée en dorure sur fond noir et orné d'écoinçons, entrées de serrures et charnières en cuivre gravé et doré. Il repose sur une table-console-support à quatre pieds en bois sculpté doré. Époque Louis XIV.

165 — Commode à trois rangées de tiroirs en bois de placage, ornée de bronzes ; dessus de marbre. Époque Louis XIV.

166 — Commode, de forme contournée, à trois rangs de tiroirs, en bois de placage ; riche ornementation de bronzes ciselés et dorés ; dessus de marbre. Époque Régence.

167 — Commode à trois rangées de tiroirs en bois de placage, garnie de bronzes, avec dessus de marbre. Époque Régence.

168 — Petit secrétaire en bois de placage, garni de bronzes, avec dessus de marbre. Époque Louis XV.

169 — Table-toilette ou Poudreuse en marqueterie de bois de couleur, à ustensiles divers et vases de fleurs. Époque Louis XVI.

170 — Meuble d'encoignure en bois de placage, avec dessus de marbre. Époque Louis XVI.

171 — Grand bureau plat à quatre pieds cambrés, ouvrant à tiroirs, en marqueterie de bois de couleur, à losanges ; garniture de bronzes. Style Régence.

172 — Petite table, de forme contournée, à quatre pieds cambrés, ouvrant à tiroir, en marqueterie de bois de couleur. Style Louis XV.

173 — Paire de petites consoles à deux pieds fuselés et cannelés, à guirlandes de fleurs, en bois sculpté doré, avec dessus de marbre blanc. Style Louis XVI.

174 — Chiffonnier en bois de placage et garniture de bronzes, avec dessus de marbre.

175 — Grand socle de statue en bois noir et incrustations de cuivre mouluré de bronzes.

SIÈGES DIVERS

176 — Bergère en bois sculpté doré, à motifs de feuillages; elle est recouverte de soie ancienne. Époque Louis XV.

177 — Trois tabourets ronds Louis XV en bois sculpté peint, partiellement doré: garnitures variées.

178 — Grand fauteuil à haut dossier en noyer, recouvert de tapisserie au point. Style Louis XIV.

179 — Fauteuil en bois sculpté de style Louis XIV; il est garni de coussins recouverts de soie ancienne brochée à fleurs.

180 — Deux fauteuils en bois finement sculpté et ciré, à rocailles et feuillages; ils sont recouverts de tapisserie au point. Style Régence.

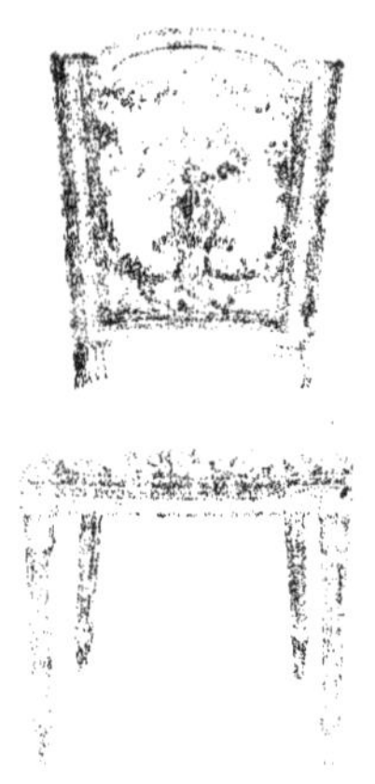

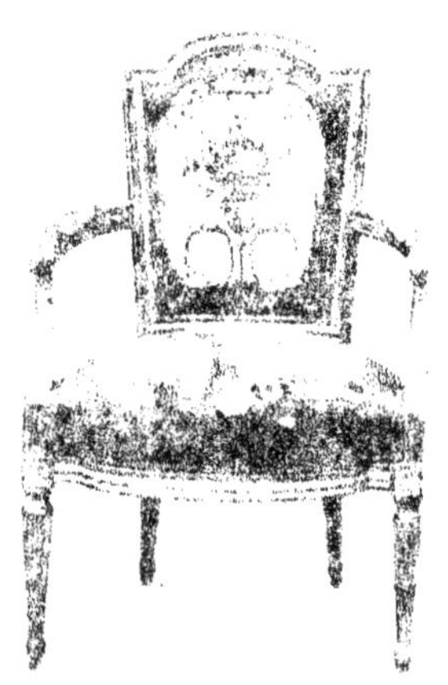

181

5.100 les 2

183

6.300 les 4

Imp. Berthaud

182

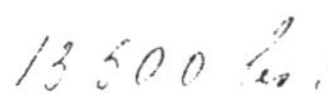

Imp. Berthaud

184

23 000

AMEUBLEMENT DE SALON

ET SIÈGES

RECOUVERTS EN ANCIENNE TAPISSERIE

181 — Deux chaises recouvertes en tapisserie de Beauvais. Sur les dossiers, des bouquets de fleurs, encadrement de guirlandes et rinceaux. Les sièges représentent des oiseaux avec encadrements de fleurs ; le tout sur fond bleu clair. Bois dorés.

182 — Trois fauteuils recouverts en tapisserie fine d'Aubusson sur fond crème, représentant des sujets d'après Huet : *les Plaisirs champêtres*. Deux personnages aux dossiers : *le Bûcheron*, *l'Oiseleur*, *le Jardinier*. Sur les sièges, des animaux. Bois dorés.

183 — Quatre fauteuils recouverts en tapisserie d'Aubusson. Époque Louis XVI. Dessin de Salambier : bouquets de fleurs enguirlandés, contre-fond rouge. Bois dorés.

184 — Ameublement de salon composé de : un canapé, six fauteuils, recouverts en tapisserie fine d'Aubusson de l'époque Louis XVI. Sujets tirés des cartons de Huet. Le dossier du canapé représente *la Marchande de plaisir*. Les dossiers des fauteuils représentent des enfants jardiniers. Les sièges représentent des sujets animaux, d'après Oudry. Encadrement de liserons sur fond clair, bordures de fleurs sur contre-fond vert clair. Bois dorés.

TAPISSERIES ANCIENNES

185 — Fragments de tapisseries-verdures.

186 — Tapisserie-verdure. Époque Louis XIV. Bordure sur deux côtés.

Haut., 3 m. 85 cent.; larg., 1 m. 90 cent.

187 — Tapisserie d'Aubusson. Époque Louis XV. D'après *Huet*. Cinq petits personnages. Sans bordure.

Haut., 2 m. 65 cent.; larg., 2 m. 10 cent.

188 — Tapisserie flamande. Renaissance. Représentant une bataille. Nombreux guerriers et personnages se livrant à l'attaque d'un château. Dans le ciel, on aperçoit le dieu Mars sur un char, traîné par deux lévriers. Riche bordure de rinceaux et mascarons.

Haut., 3 mètres; larg., 4 m. 25 cent.

189 — Deux tapisseries d'Aubusson formant portières. Époque Louis XIV. Sujets tirés de l'Histoire ancienne, nombreux petits personnages.

Haut., 2 m. 50 cent.; larg., 2 m. 20 cent.
Haut., 2 m. 50 cent.; larg., 2 m. 45 cent.

190 — Deux tapisseries formant portières. Époque Louis XIII. Sujets tirés de l'Histoire ancienne. Bordures sur trois côtés.

Haut., 2 m. 90 cent.; larg., 2 m. 15 cent.
Haut., 2 m. 90 cent.; larg., 2 m. 15 cent.

191 — Tapisserie d'Aubusson. Époque Louis XV. D'après *Huet* : *La Diseuse de bonne Aventure.* Bordure sur deux côtés simulant un cadre avec rinceaux et fleurs.

Haut., 2 m. 45 cent.; larg., 2 mètres.

192 — Tapisserie d'Aubusson représentant la *Pêche*, d'après *Lacroix*. Très belle tapisserie fine, à petits personnages. Beau coloris. Bordure formant cadre.

Haut., 2 m. 75 cent.; larg., 4 m. 60 cent.

193 — Tapisserie de la manufacture d'Aubusson. Époque Louis XIV. Représentant la famille de Darius aux pieds d'Alexandre. Bordure formant cadre. Tapisserie d'un très beau coloris.

Haut., 2 m. 60 cent.; larg., 3 m. 65 cent.

194 — Tapisserie des Flandres. Époque Louis XIV. Petits personnages, femme se livrant au plaisir de la chasse, accompagnée de son fauconnier et de ses chiens. Au fond, on aperçoit un château avec une pièce d'eau. Bordures de fleurs, fruits et rinceaux. La bordure manque dans le bas.

Haut., 2 m. 80 cent.; larg., 2 m. 40 cent.

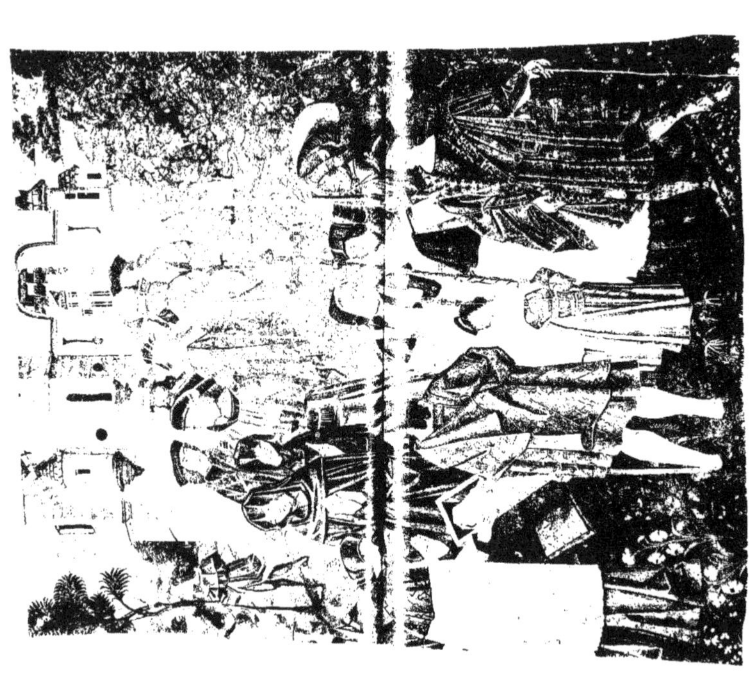

195 — Suite de trois tapisseries de Bruxelles. Époque Louis XIV. Représentant des sujets mythologiques Riches bordures de fleurs, rinceaux et amours.

Haut., 3 m. 20 cent.

Larg., 4 m. 50 cent., 2 m. 90 cent., 2 m. 40 cent.

La bordure manque sur le côté gauche d'une tapisserie.

196 — Tapisserie de l'époque Louis XII : *La Légende de saint Julien*. Cette tapisserie représente au premier plan, sur un fond de semis de fleurs, le clergé revêtu des ornements sacerdotaux avec les insignes religieux, et qui précède le convoi funèbre d'une châtelaine. Au milieu, un personnage revêtu d'un manteau cramoisi ; sur la gauche, saint Julien arrête le cortège et opère la résurrection de la défunte par l'apposition des mains. Au deuxième plan, derrière le cercueil, des pleureuses et des gentilshommes en costume de l'époque. Au fond, on aperçoit un château féodal. A gauche, un hallebardier se tient en faction. Très belle tapisserie d'un grand intérêt ; très belle coloration, belle conservation.

Haut., 2 m. 90 cent. ; larg., 2 m. 45 cent.

www.ingramcontent.com/pod-product-compliance
Ingram Content Group UK Ltd.
Pitfield, Milton Keynes, MK11 3LW, UK
UKHW021647260726
13994UKWH00003B/1326